KB132225

오직 사람 아닌 것
이덕규 시집

문학동네시인선 189 이덕규

오직 사람 아닌 것

시인의 말

당신이 곤고했던 농부의 몸에서 내린 밤
집 앞 텃논에 평생 새긴 별보다 많은 발자국이 한순간 환하게 하늘로 올라가는 걸 보았습니다.

나는 이제 저 어둑해진 텃논의 유업을 밝히기 위해

날마다 맨발로 소를 몰고 나가
캄캄한 무논을 갈아엎는 심정으로 당신의 빛나는 발자국을 따라가겠습니다.

2023년 3월
이덕규

차례

2부 묵정논

3부 꽃은 꽃을 버리고 기꺼이 사람의 일을 따라나섰네

1부

그 밤으로 가는 달구지

흰죽

어느 가난한 흰빛의 최후를 수습한, 이 간결하고 맑은 슬픔은

결백을 달이고 달여 치명에 이른 순백의 맑은 독 같아서

험하게 상한 몸속의 사나운 짐승을 제압하는 일에 쓰인다네

차마, 검은 간 한 방울 떨어뜨려

흐린 제 마음 빛으로나 어둡게 받아야 하는 청빈의 송구한 맨살이라네

백중(百中)

뒤란이 소란스러워 돌아가보니 머리에 오색 관을 쓴 새 한 마리가 젖은 깃을 털고 있었다

맑은 정오, 항아리에 이슬 내린 물이 가득 차올라 있었다

눈이 퀭한 짐승이 그 안에 비친 검은 그림자를 들여다보았다

산 너머 사리 바다에서 물고기 우는 소리가 종일토록 넘어왔다

먼길을 돌아 일 년 만에 지상에 내려온 누님 발등이 소복이 부어 있었다

소식

흰나비 한 마리가 너럭바위 위에 앉아 아무런 기약 없이
떨어져 쌓이는 꽃잎 사연들을
벌써 여러 장째
복사하듯
날개를 접었다 폈다 합니다

해가 지기 전에
먼 실연의 벼랑 끝에 맺힌 꽃봉오리에게
이 사태를 전하러 가야 하는데
흰나비가 문득 날개를 접고 골똘해집니다

한때 뜨거웠던 기억에 피가 도는지 캄캄했던 바위가 조금
씩 물렁해지는 한낮입니다

청명

쇠죽솥이 작달비 소리로 끓는 부뚜막 위 제 몸보다 큰 건전지를 등에 업은 라디오에서 남인수가 흘러나오자

앞발 위에 턱을 괴고 겻불을 쬐던 누렁개가 갑자기 벌떡 일어나 겨우내 헐벗은 뒷산을 향해 돌아 짖었다

봄이 오면 딴 맘이 들어와 어디로 막 가는 병에 걸린다는 선소리꾼 갑천이
산을 넘는 먼 북소리에 진달래가 피었다고

더 늦기 전에 가야 하는데 딴 맘에 발목 잡혀 흔들리는 늙은 서낭 소나무를 보며 짖었다

때와 일

정월 대보름 지나 백로와 왜가리가 남쪽에서 돌아오는 때
맞춰 볏짚 재에 소 오줌을 재어놓는 일
　앞개울 버들개지 눈뜨는 때 맞춰
　씨오쟁이 묵은 먼지 털어 바람에 하루쯤 널어 말리는 일
　팔뚝만한 봄 잉어들이 산란을 위해 황구지천 물살을 가르
고 여울을 오르는 때 맞춰
　논밭에 거름을 내고 갈아엎는 일
　멧비둘기 짝짓는 때 맞춰 물못자리에 볍씨를 치는 일
　앵두와 오디가 익어가는 때 맞춰 보리타작하는 일
　졸린 붓꽃 눈 감기는 저녁때 맞춰
　들에서 돌아온 어머니 뱃속에서 내가 순하게 미끄러져 나
온 일

　한창때는 사람에 맞춰 따라오는 일들도 있었으니, 못자리
하는 때 맞춰
　무논에 개구리들이 알을 슬고 수초 사이로 물방개 소금쟁
이 송사리들이 모여드는 일
　김매기 끝난 논배미에 뜸부기와 물닭들이 둥지를 틀고 알
을 품는 일
　무더위에 풀 베고 돌아와 설핏 낮잠 드는 때 맞춰 문득 장
대 같은 소나기가 장엄하게 지나가는 일
　가을걷이하는 때 맞춰 참게와 장어가
　새끼들을 거느리고 논과 수로를 떠나 하구로 몰려가는 일

사람들이 들판을 비우고 돌아가는 때 맞춰
살진 짐승들이 겨울나기 둥지를 틀고 굴을 파는 일
마실방에 모여 새끼를 꼬고
가마니를 치는 때 맞춰 첫눈이 오고 꿩과 토끼들이 사람
의 마을 가까이로 내려오는 일

그 밤으로 가는 달구지

나는 일곱 살, 지금 달구지 위에 있다
냇갈 건너 오늘 밭에서 거둔 수숫단 위에, 콩단 위에, 들깻단 위에 누워 있다
방금 아버지가 나를 번쩍 들어
달구지 위로 가볍게 던져올린 것이다
입이 함박처럼 벌어지며 잠깐 허공을 날아 푹신한 짐 꼭대기에 실린 나는, 그러니까
올해 우리집 농사 중에 마지막으로 수확한 씨알이다
달구지가 덜컹거리며 집으로 간다
나는 흔들리는 게 좋아서 밧줄을 양팔에 걸고 손을 가슴께로 모은다
이제 나는 달구지 위의 짐과 한몸이다
가을 저녁인데 금세 어둡고 서늘해져서 소름처럼 차가운 저녁 별들이 돌올하게 돋는다
한 발을 들어 가깝게 떠 있는 별들을 툭툭 걷어차다가 등 뒤에서 올라오는 들깨 냄새가 좋아
숨을 크게 한번 들이쉰다
밑에서 풋내가 훅훅 올라오는데
한낮의 숨어 있던 열기들이 함께 올라와 서늘해진 내 몸을 데워준다

갑자기 머리 쪽으로 중심이 기운다
언덕을 내려가는 거다 달구지 위에 누워서도 나는 어디쯤

왔는지 다 안다
　조금만 더 가면 냇갈을 건너는데
　쇠들보 아래 뚝심 좋은 아버지들이 돌멩이를 물속에 던져
넣어 만든 돌다리를 건널 것이다
　밀짚모자를 쓴 아버지가 소를 몰며
　구수하게 피우는 담배 연기가 어두워지는 허공에 파랗게
흩어진다
　함지박을 머리에 이고 엄마가 타박타박 달구지 뒤를 따
라온다
　드디어 물을 건넌다
　차르륵차르륵 달구지 바큇살에 냇갈 물 감겨 올라오는 소
리, 누렁이 목에서 울리는 핑경 소리,
　큰 돌멩이를 밟았는지 달구지가 크게 기우뚱거린다
　나는 그 돌을 안다
　뽑을 수 없어서 그대로 박혀 있는 돌, 동네 사람들이 한 번
쯤 다 만져본 돌, 주변 돌들을 꽉 잡고 있는
　큰댁 형님처럼 믿음직한 돌
　이곳을 건널 때는 바짓단을 무릎까지 걷어올리고 건너편
키 큰 미루나무를 보고 똑바로 가면 된다
　가끔 냇물이 섭섭하다고 바짓단을 살짝 적시기도 한다

　냇갈을 다 건너면 바로 둑을 올라가는 오르막길이다
　아버지 소 모는 소리가 갑자기 커진다 이—려 이—려 이—

려—서, 멍에를 잡고 밀며
언덕바지를 오르는 아버지
내 몸이 갑자기 반쯤 일어선다 급경사를 오르는 거다
달구지를 따라 바삐 걸음을 옮기는 엄마 함지박이 살짝 보
였다가 이내 사라진다
둑 위에 올라서자 별들이 더 가까워졌다
긴 둑길을 따라 왼편으로 드넓은 들판인데 늦은 추수를 하
느라 어둑한 아버지들이
후둑후둑 벼 베는 소리, 서그럭서그럭 볏단 묶는 소리, 낟
가리 치는 소리, 큰 기침 소리, 두런대는 소리……
길 끝에 작고 맑은 개울이 하나 있는데
거기서 소 물 먹이는 소리까지 나는 듣지 못하고 깜박 잠
이 든다

이윽고 우리집 대문이 삐이걱 열리는 소리, 학교에서 돌
아온 누님들이 와자하게 몰려나오는 소리
다 왔다,
나는 수숫단 위를 미끄러지듯 팔 벌린 아버지 품으로 내
려온다
이내 신이 나서 온 식구들이 들깻단을 한 아름씩 안고 뒷
동산에 올라가 서로 기대 세워놓고 내려온다
내 발치 끝에서 놀란 개구리가 발등에 서늘한 오줌을 싸
고 달아난다

달빛이 내려 환해진 뒷동산을 나는 날아갈 듯이 달려내려
온다 벌써 부엌에서는
　아궁이에 불이 괄게 지펴지고
　작은 무쇠솥에선 김이 무럭무럭 피어오른다
　나는 우물 둥치로 가서 깊고 찬 우물물을 텀벙텀벙 길어
올려 씻으나마나 한
　까만 발을 뿌득뿌득 씻고 들어와 구수한 된장을 풀어넣
은 날배춧국에
　식은밥을 말아 늦은 저녁을 먹는다
　어디선가 타작 검불 태우는 연기가 온 마을을 휘감아 돌
고 등잔불 아래 빙 둘러앉아
　그림자놀이 하는 누님들 곁에 엎드려
　나는 내 이름자를 그리다 그대로 잠이 든다
　잠결에 울대 왕소나무 위에서 밤새가 울고
　노곤하게 지친 엄마가 가만히 나를 안아서 아랫목에 뉘는
밤, 그 밤으로 가는
　나는 아직도 달구지 위에 있다

우리, 오래된 미래

큰 거래는 쌀가마였고 작은 거래는 잡곡이나 과실을 말과
되로 담아 셈을 했던 그때
백미 한 가마니면 안 되는 일이 거의 없었던 그때
쌀로 돈을 사고 잡곡으로 물품을 사던 그때
달걀로 공책과 연필을 바꾸고 형제들 머리 깎은 삯은 일
년에 한 번 보리쌀로 건너가던 그때
가끔씩 물목이 단출한 보따리나 좌판이 마실방 뒷마루에
펼쳐지던 그때
팥 한 되에 나이롱 양말 여섯 켤레, 들깨 두 되에 쫄쫄이
바지 두 벌, 양은그릇 열두 개에 서리태 네 되, 남도 꿀 뒷
병들이에 수수 반 말, 어쩌다 통 크게 쌀 한 말이 장남의 두
꺼운 잠바와 맞바꿔지던 그때

짐승들도 물목 중에 하나였던 그때
외양간의 송아지와 마루 밑의 강아지와 울 밑의 돼지 새
끼 들과
봄 마당에 그득한 닭과 노란 병아리들,
때가 되면 마당 식구들 먹이부터 챙겼던 그때
제삿날이면 닭을 잡았고 설날엔 온 동네가 구수한 시래기
순댓국과 돼지고기를 먹었던 그때
나머지 짐승들은 일 년에 한 번 가리내 장터에서 이웃 동
네로 팔려가던 그때
그 덕으로 자식 하나가 대학에 갔던 그때

오일장 날은 만물이 세상에 나오는 날, 없는 게 없었던 그때 하릴없이 계란 꾸러미를 들고

장 구경 나온 사람들이 태반이었던 그때

상점이나 노점에서는 돈 거래보다 현물 거래가 많았던 그때

닭 오리 강아지 염소 장목수수빗자루 싸리비 지게 바소쿠리 삼태기 망태 멍석 덕석 도리깨 갈퀴와 각종 연장 자루

억센 손이 꽉꽉 조여 만든 수제 생활용품들이 장마당에 즐비하던 그때

고무신과 장화 때우는 신기료장수들 사이로

밑천 하나 없이 순전히 입으로만 손님을 끌어모으는 야바위도 섞여 있었던 그때

바꾸지 못했거나 팔지 못한 물목들은 파장에

양조장집으로 몰려와 막걸리 잔술에 넘기거나 다음 장날까지 맡아두었던 그때

장꾼들 손에 자반 한 손이 새끼줄에 매달려 흥얼흥얼 집으로 돌아가던 이슥한 밤길

아 아 으악새 슬피 우니 가을인가요, 까지 부르고 매번 다시 돌아가 부르는 재당숙의 골백번 으악새로 휘영청 밝았던 그때

돈 셈은 느렸지만 물물 흥정은 빠르던 어르신들 쌈지에

더러 돈 들었어도 귀해서 쓰지 못하던 그때

남도에서 올라온 장정 상일꾼의 일 년 새경이 쌀 여섯 가
마였고

보리쌀 한 말이 여자 김매기 사흘치 품삯이었던 그때

어린것들이 논두렁 밭두렁 뛰어다니며 군것과 심부름을
바꿔먹던 그때

내가 그리고 우리가 감히 물물교환 시대를 살았던 그때

황소 배미 전설
—우는 논두렁

여린 풀잎들 살 오르듯
도독하게 돋아 올라오는 유월 논둑 위로
저녁놀이 번져가면
어린 나는
그 크고 착한 논두렁 등허리를 타고 앉아
순한 짐승의 울음소리를 들었던 거라

이내 쓰린 상처에 마구 헤집어 불어도
하나도 안 아플 미끈한 바람이
그 살진 논둑 위를
부드럽게 핥고 지나가면
오뉴월 연한 풀로 여물 먹고 누운
저녁 소처럼 한번 더
하염없이 유순해진 논두렁이 어스름에
나지막이 우는 소리를 들었던 거라

등짝이 두둑한
그 울음을 타고서, 나는
저문 들판을 건너 집으로 돌아오곤 했던 거라

흙 묻은 맨발들의 저문 노래

오늘은 농로 포장하는 날
몸뚱이가 전 재산인 사내의 등짝처럼 두둑한 논둑길 위로
중장비들이 콘크리트를 쏟아붓자,
누대에 흘리고 잃어버렸던
인근 여섯 동네
각성바지 맨발들과 그 등속들이 혼비백산 우르르 몰려나
와 길을 떠나네

소 발굽을 따라
길게 이어지던 달구지 바퀴자국과
심부름 가던 어린 달음박질과
함께 달리던 누렁개와
들밥 나르던 재바른 종아리와
논매기 흥을 놓던 두레패와
아무리 밟히고 짓이겨져도 비집고 일어서
꽃을 피우고야 마는 잡초들과
새벽 바짓가랑이 적시던 이슬과
한밤 길 위에 고인 물속의 달빛과
끝나지 않는 긴 한숨과

흰 무명천을 이마에 두른 어느 변방 씨족들처럼 김매기 호
미를 허리에 차고
저기 흙 묻은 사람들이 가네

다시 벼와 찰보리를 기리고 섬기는 곳으로 가네
아무도 따르는 이 없이 저희끼리 두런두런 돌아보며 가네

도깨비

한밤중 마실 길이나 일갓집 제사 지내고 돌아가던 길
가물거리는 불빛에 홀려 따라가면
산모롱이에서 누가 모래를 마구 뿌려댔다는 얘기, 산속에
서 북을 치고 꽹과리를 치며 난장을 쳤다는 얘기
갑자기 나타난 덩치와 밤새도록 씨름을 했다는 얘기
아무리 힘을 써도 꼼짝할 수 없어
땀에 흥건히 젖은 채 새벽빛에 깨어보니

그게 몽당빗자루였다네
누구는 꼭지 빠진 도리깨였고
또 누구는 부러진 삽자루나 괭이자루였다네

일찍이 몸 다 써서 못 쓰는 것들이었네
이리저리 고쳐 쓰다가 더이상 쓸 수 없어 내다버린 폐품
들이었네
동네 후미진 산기슭 애장터처럼 으슥한 곳에 버려져
강아지에게나 물려 다니던 그 비루한 연장들이
자신을 만들고, 쓰고, 버린, 제 주인을 막다른 곳에서 때
려눕힌 것이라네

자신을 실컷 부려먹고 망가뜨린 힘을 기억해두었다가
주인에게 한꺼번에 돌려주는
그 혼신의 앙갚음은 농부들에게 얼마나 다행한 일인가

평생 삽 열 자루를 닳려 버렸다는 재당숙 어른은
어느 날 그 삽 열 자루를 쓴 힘의 역습으로
한순간 농사일에서 벗어났다네
한때 수족이었던 연장의 반격, 농부는 그걸 알아서 더 쓸
힘이 남아 있지 않을 때
연장을 내려놓고 연장의 처분을 기다린다네

재당숙을 뒷산에 묻고 돌아와 시무룩
헛간에 기대 서 있는 저 낡은 삽자루는 이제 씨름 한판 벌
일 사람이 없어 슬픈 도깨비라네

참붕어 한 마리

모내기 한창인 논으로 흘러들어와 흙탕물을 튀기며 은빛
몸을 뒤집던 참붕어 한 마리가
감쪽같이 사라졌어요 하필이면
폐를 앓던 그 사람의
발꿈치 근처에서 사라졌는데요

깡마른 발꿈치가 유리 어항처럼 맑았던 사람
살림이 환히 다 비치는 발꿈치를
저무는 강가에 앉아 말갛게 씻으면
성씨 없는 남루한 풀꽃들과 끼니를 거른 물고기들이
그의 주변으로 다 모여들었는데요

빈자의 아버지처럼
빛이 나는 그의 뒤를 좇는 무리들을
식술처럼 거느리고 초식동물처럼 느리게 걸어가던 사람

쿨럭이는 낮은 지붕 위로
내부에서 차오른 선혈이 비릿하게 배어나오듯, 달빛이 뭉
근하게 번져가던 밤이었는데요
무성한 잡목들이 날카로운 발톱을 숨기고
마을로 발을 들여놓는 길목, 눈 흡뜨고 솟은
돌부리에게 걸려들고 말았는데요

위독한 샛강의 얼음장에 금이 가듯

쩌렁, 그의 깨진 발꿈치에서 나온 낯익은 은빛 어족의 생
생한 일대기를

온 동네 사람들이 모여 밤새도록

맑고 찬 샘이 길러낸 청빈의 만찬인 양 함께 나누어 먹었
는데요

밥벌레

어디 또렷이 아픈 곳도 없이
시름시름 입이 붙어버린 내게 어머니는 한술 밥이라도 먹
이고 싶었던 거라
그래 내 어린 몸속의 진액을 빨아먹는
못된 벌레들 불러내자고
정성껏 고봉밥 지어 온갖 나물에 된장국을 말아 한밤중 고
이 잠든 내 머리맡에 놓았다가
새벽녘 앞 냇가에 슬그머니 풀어버렸던 거라

밥 한 그릇에 홀려 숙주인 나를 버리고
우르르 몰려간 벌레 치들아
잘 가라, 밥 한 그릇에 담긴 쌀알만큼 머릿속에서 오글거
리던 두통들아
내 몸안에 굴을 파고 살던 어린 날의 정 깊은 병들아
하류까지 흘러간 밥벌레들은 나를 영영 잊어버렸는지, 나
는 입맛이 돌아와 밥을 먹기 시작했던 거라
그동안 축난 밥을 꾸역꾸역 잘도 먹어대서
나는 일찍이 농사짓는 일벌레가 되었던 것인데

사람 땀 한 방울을 먹고 쌀 한 톨이 여무는 거라
쌀 한 톨 만드는 천지 울력 중에 그래도 사람 한 일이 기
중 적다는 거라
그래 그 수많은 손길을 거친

쌀알 하나하나가 모여 서로 부둥켜안고 모락모락 우는 감
격의 고봉밥 앞에 앉으면

문득 내 어린 날 밥 한 그릇을 따라 떠난 밥벌레들의 안부
가 궁금해지는 거라

지금도 배가 고파지면, 제일 먼저

그들이 파먹다 떠난 내 마음 안쪽 깊은 굴속에서 고소하
게 밥 짓는 냄새가 올라오는 거라

융릉

외가 가는 길에 재실이 있었지
왕릉엔 돌장군 돌정승이 서 있었지
어느 손(孫) 귀한 무엄한 손이
돌장군의 코를 베어갔지 서러운
찔레꽃과 뻐꾸기 울음이 봄날의
아지랑이 능선에 자욱하게 바쳐졌지
매끈한 댕기풀 언덕에서
새끼 밴 어미소 울음 같은
게으른 햇살이 종일토록 흘러내렸지
이백 년을 걸어서
힘겹게 당도한 늙은 소나무들이
머리를 조아리고 있었지
재실 너머에 거지들도 모여 살았지
그중엔 왕도 있고 신하도 있었지
아이들이 가례 곡(哭)을 배우다 말고
해맑게 웃는 소리도 들렸지

풍경

내 이름자도 쓸 줄 몰랐을 때, 이미 시와 시인이 가능한
곳을 지나왔다
　그때 나는 샘터로 가는 작은 모퉁이었다
　여울을 차고 상류를 향해 튀어오르는 피라미떼였으며
　낙숫물 양동이에 잠긴 흰 고무신이었으며
　야트막한 산 아래 작은 집 굴뚝에서 피어오르는 흰 연기
였으며
　저무는 들판을 건너 집으로 돌아가는 지친 황소걸음이었
으며
　마당 끝 산발한 댑싸리였으며
　툇마루를 어루만지며 데우는 아침햇살이었으며
　외양간 쇠똥 묻은 지푸라기였으며……

　책가방을 뒤져 책 한 권을 다 뜯어먹은 염소가
　언덕에 올라 긴 수염을 휘날리며 시를 짓는 위대한 시인
의 나라였다

2부

묵정논

농부

나는 그 옛날 어떤 막막한 몸이 이 땅에 떼어 던진 제 살
한 점이다

나는 캄캄한 흙속에서 사람이라는 종자로 싹을 틔운 최
초의 기쁨이다

나는 척박한 땅에 사무치는 당신의 간절한 고수레 한 점
이다

입동

곡식 한 톨이라도
축내면 그만큼
사람이 굶는다

가을걷이
끝나자마자
서둘러
빈손으로 떠난

오직 사람 아닌
것들의
안부가 궁금하다

가을걷이 끝나자마자 서둘러 빈손으로 떠난 오직 사람 아닌 것들의 목록

햇빛 바람 물 풀 거미 개구리 우렁이 미꾸라지 거머리 맹꽁이 두꺼비 소금쟁이 소아재비 방개 새갱이 징거미 송곳까리 물자라 웅어 장어 털게 송사리 버들치 구구락지 참붕어 메기 가물치 땅강아지 잠자리 뜸부기 물닭 논병아리 참새 오리 백로 왜가리 들쥐 무자치 메뚜기 사마귀 방아깨비 나방 애벌레 벌 나비 너구리 고라니 들고양이 족제비 별빛 달빛 구름 이슬 태풍 천둥 벼락……

해마다 첫 수확한 햅쌀로 대시루떡을 지어 제일 먼저 저울력꾼들에게 바치는 것을 내 어머니는 일생 단 한 번도 거른 적이 없었다

가자! 부처님 절 받으러

천 년 넘게 엎드려 있던 경주 남산 열암곡 마애불상을 일
으켜세운다고 하는데

나는 반대다

전국 방방곡곡 도처의 불상들에게 그동안 올린 시주 공
양이 얼만데

지금껏 앉아서, 서서, 누워서 받아 드신 게 얼만데

우리나라 어디 하나쯤은 저렇게 엎드려 미욱한 중생들에
게 절하는 불상도 있어야 한다

가자, 부처님 절 받으러!

파업

진료를 거부한 의사들이 가운을 벗어놓고 병원 문을 나
섰다
파업 흔한 시절, 돈이 안 된다며
문화체육부나 예술위원회 앞에 가서 이제 우리 시 안 쓰
겠다고 으름장을 놓자던 시인도 있었다만
이 기회에 농부들도 흙 묻은 작업복과 장화를 농림축산부
정문 앞에 벗어놓고
이제 농사 안 짓겠다, 그런다면

의사나 농부나 생명을 다루는 직업인데
농부는 유사 이래 지금껏 사람대접 제대로 못 받았어도 파
업 한번 해본 적 없는데
오랑캐가 쳐들어와도 농사는 짓고 나가 싸웠다는데,
하늘길 뱃길 막아놓고 딱 일 년만 농사 작파하면 무슨
일이 벌어질까

세상에서 제일 무서운 일은
먹을 것이 없어 사람이 굶어죽는 일이다

땅에 복무하지만 농부는 하늘 소속이고 하늘 동업이다
농사는 세상 물정보다 먼 하늘의 이법에 더 가깝고 밝은
사람들이 짓는 것
그들은 하늘 무서운 줄 알기에

하늘 무서운 줄 모르고 날뛰는 것들에게 언제나 당하고
만 산다

다 된 곡식 남아돌아서 갈아엎는 한이 있어도 그들은 파
업, 절대 못하는 하늘 백성이다

빈자리

한창 밥시간인데
혼자서 식당엘 들어가 사인용 식탁을 차지하고 앉아 밥
을 먹네
이내 손님들이 몰려들어오고
국은 뜨겁고 주인은 흘끔거리는데 사인용 식탁에 혼자 앉
아서 밥을 먹는 나는
사람을 탕진하고 돌아온 사람
사람을 다 써버리고
급한 대로 꾸어서 쓰다가 끝내 줄도산으로 사람을 모두 잃
어버린 신용불량자처럼
나는 당장 사인용 식탁의
저 나머지 빈자리에 불러앉힐 사람이 없네
밥을 먹는 동안 썰렁한 빈자리 셋이 그동안 흥청망청 써
버린 사람을 내놓으라 하네
갚을 길이 막막한 사람 걱정을 하며 나는 밥을 먹네
사인용 식탁에 혼자 앉아
서로에게 저당잡혀 파산을 향해 가는 사람의 빈자리에 대
해 생각하네

혼밥

낯선 사람들끼리
벽을 보고 앉아 밥을 먹는 집
부담없이
혼자서 끼니를 때우는
목로 밥집이 있다

혼자 먹는 밥이
서럽고 외로운 사람들이
막막한 벽과
겸상하러 찾아드는 곳

밥을 기다리며
누군가 곡진하게 써내려갔을
메모 하나를 읽는다

"나와 함께
나란히 앉아 밥을 먹었다"

그렇구나, 혼자 먹는 밥은
쓸쓸하고 허기진 내 영혼과
함께 먹는 혼밥이었구나

한번 다녀들 가시라

백 년 만의 폭염 속으로

백 년 만에 찾아온 연일 사십 도를 육박하는 폭염이었다
굶주린 호랑이들이 이글거리는 눈알을 굴리며 집안의 빈
틈을 기웃거렸다
그럴수록 더욱 가쁜 숨을 가다듬는 실내 에어컨은
한층 싸늘하게 끌어내린 집안 분위기를 볼모로 사람들을
꼼짝 못하게 가둬두고 있었다

텃밭의 강낭콩과 날 선 옥수수잎도 사람 발길이 끊기자
풀이 죽었는데
백 년 전 땡볕 속에는
부채 삼베 모시 냉면 천렵 탁족을 들고 몰려나와 한여름
어슬렁거리는
호랑이들 마구 때려잡는 소리 왁자했으리

한 세기 넘어 불쑥 찾아와보니, 없다
그 많던 호기로운 더위 사냥꾼들이 없다 그 어디에도 여
름을 즐기던
검은 낯과 근육들이 온데간데없다
비현실적인 액자에 끼워넣은 그림처럼
실내에서 창밖 염천 풍경을 내다보는 무표정한 얼굴들

아무래도 손님을 이렇게 대접하는 건 예의에 어긋나는 일
이어서

나는 곧바로 살 떨어진 부채를 들고

현관문을 활짝 열어젖힌 후

후끈한 호랑이 아가리 속으로 들어가며 큰 소리로 외쳐
댔다

호랑이야 호랑이야

내가 이 더위에 가장 큰 죄인이로다

그 많던 일꾼들은 다 어디로 갔을까

모내기 끝내고 제초제 살포한 논과
식물 전멸제를 뿌린 논두렁에는 풀 한 포기 보이지 않았
습니다
수풀을 집 삼아 살던 온갖 벌레와 곤충들의 밤낮 울려퍼
지던 합창이
한순간 뚝, 그쳤습니다
풀잎 끝에 맺혀 기생하던 수많은
어린 이슬도 지상에 도착하자마자 눈도 못 뜬 채 죽었습
니다
이제 곧 여름인데
개구리와 뱀들이 보이지 않았습니다
전쟁터로 나가기 위해 도열한 병정들처럼
위풍당당 벼들만이 오와 열을 맞추고 서 있었습니다
그들은 오직 사람을 위한
하나의 방식으로 훈육되고 양육되었습니다
용수로와 배수로 고인 물속엔 아무것도 움직이지 않았고
따가운 햇살만이
오색 빛 기름떠에 반짝이고 있었습니다
살충제와 살균제를 뿌린 논밭은 그 무엇도 얼씬거리지 못
하는
지뢰밭이 되었습니다
장마 끝에 다시 항공 방제가 있었습니다
맹독성 농약 유제가 들판 허공에 날리며 찬란한 무지개

를 띄웠습니다

(그 무지개다리 건너간 사람 몇몇 영영 돌아오지 않고)

덕분에 사람 손이 가지 않아도 들판이 깔끔했습니다

부정(不淨)

염천에 논두렁을 걷다가 슬쩍
오리알 둥지를 스쳤을 뿐인데 알을 품던 어미 오리가 돌
아오지 않는다

멀쩡했던 오이 꼭지들이 짓물러 떨어지고
참외 배꼽이 까맣게 썩어들어갔다

여물 속 독사를 삼킨 암소가 유산을 하고
노랗게 곪은 젖을 뚝뚝 흘리며 돌아다녔고 뒤꼍 장독대 새
로 담근 장이 푹푹 썩어갔다

새 생명이 오는 길목을 가로막고
다른 종끼리 거품을 물고 붙어먹는
싸늘한 상극의 역주행
부엌칼이 날아가 꽂힌 마당에 검은 피가 흐르고 독초가
우북이 돋아났다

한쪽 날개가 없어 날지 못하는 새가 쥐구멍 속으로 기어
들어가고
눈먼 고양이가
무덤 위에서 날카롭게 울자
집 나간 개가 전생의 붉은 명정(銘旌)을 물고 돌아왔다

반쯤 부화된 오리알 속에서
구더기들이 쏟아졌고 나는 고통 없이 내 살이 검게 썩어
들어가는 걸 본다

비행기 똥
—스티로폼

굿은 날이면 가물치가 올라가 운다는 냇가 미루나무 가지 위에서
벌거벗은 아이들이 줄줄이 물로 뛰어들던 때
물때가 잔뜩 낀 정체불명의 물체가 둥실둥실 떠내려오는 걸 누군가 얼른 낚아들었다
모래톱 한가운데 빙 둘러앉아
생전 처음 보는 물건을 이리저리 굴려보았다
덩치에 비해 가볍기가 이를 데 없고 속을 파보니
박속처럼 하얀 것이 뽀득뽀득 일어섰다
그때 우리들 머리 위로 뒷산 너머 저멀리 수원 비행장에서 날아오른 쌕쌕이 편대가 지나갔다
비행기 똥이다,
내가 외쳤다
쌕쌕이들이 산너머 뒷간으로 내려앉는 걸 보고 나서야 아이들이 하나둘 고개를 끄덕였다
우리는 그걸 귀하게 나눠가졌던가, 그후로
그 물건을 다시 본 것은 학교 환경미화 시간이었다
그때 우리 동네 아이들이 동시에 외쳤다
비행기 똥이다,
유리창을 닦으면 뽀득뽀득 소리가 나서 자꾸 문질러대던 그것,
머지않아 우리 동네 냇갈은
수원 비행장과 시장 난전에서 떠내려오는 그 비행기 똥

때문에
　몸살을 앓기 시작했다
　썩지 않는 똥, 거름이 되지 않는 똥은 처음이었다

그래도 잡초는 힘이 세다

한 방울만 먹어도 치명적인 제초제 한 병을
마치 삶의 갈증을 풀어주는 사이다인 양, 입도 안 뗀 채
벌컥벌컥 마시고
내 친구는 죽었다

잠자리떼들이 이제 막 첫 비행을 시작하는 울 너머 허공에
누군가 집어던진
날 선 낫 한 자루가 꽂혀 있었고
서녘 하늘이 울컥울컥 토해놓은 붉은 구름 속에서
농약냄새가 진동하는 저녁이었다

무더위가 지나가고
남쪽에서 태풍 소식이 올라오자
끝물 매미 울음소리가 마을 회관 마당에 떨어져 엉킨 실
타래처럼 뒹굴었다

한낮의 환한 햇빛 속을 키 큰 소나기가 낯선 타관 사람처
럼 지나가고
마당 끝 땡볕에 쓰러져
노랗게 타죽어가던 목 잠긴 잡초들이
어질머리 땅을 짚고 입가의 피를 닦으며 다시 시퍼렇게
일어서고 있었다

모든 게 너 때문이었다

—

—

묵정논

들판 한가운데
몇 년 동안 묵은 논이 붐비기 시작했다
사람 손길이 끊기고 잡초 무성한 묵정논이 되었다고 모두
들 혀를 찼는데
어느새 뭇 생명들의 피난처가 되어 있었다
온갖 농약의 융단폭격을 피해 숨어드는
들판의 유일한 방공호였다
일 년 내내 붐볐다
처음엔 작은 날벌레들이 잉잉거렸고
나중엔 너구리와 고라니가 뛰고 굴을 팠다
능수버들이 우거지고
백로와 왜가리가 둥지를 틀었다
으슥한 밤 은밀하게 꿈틀거리는 것들,
교미하는 무자치 박새 물오리의 빛나는 몸과 젖은 눈을
훔쳐봤다
방공호에서 몸을 섞는 것들은 슬펐다
맹꽁이가 알을 슬고 꽃가루가 날렸다
장마 끝에 온갖 벌레와 곤충이 울었고 처음 보는 꽃들이
은하수처럼 무더기무더기로 흘러갔다
사라졌던 것들이 짝을 맞춰 돌아왔다
어디서 오는지 알 수 없었다
사람들 손이 멈춘 곳
사람 발길이 끊긴 들판 한가운데

묵정논 한 배미가 생명의 섬처럼 떠 있다
농약과 화학비료의 바다에 노아의 방주처럼 떠 있다

통나무와 놀다

키와 몸무게가 나와 비슷해 보이는 통나무 하나가 장마 끝
에 강 하구 모래톱까지 떠내려왔다
상류 산기슭의 홀아비 헛간에 세 들어 살던 화전민처럼
앞뒤가 꽉 막혀
좀 답답해 보이는 인사였다

그를 떠메고 가자면 최소한 네 사람은 필요할 것인데
수습하자니 엄두가 나질 않아
궁리 끝에 말을 걸기 시작했던 것인데
겨우 한마디 알아듣고 나머지는 못 알아듣는 것이었다

네, 아니요를 거듭하다가 돌아앉은
답답한 나무토막 위에 앉아 나는 파미르고원의 옛말을 궁
리하다가
한반도 중부 산간지방 사투리를 섞어 쓰다가
나와 동갑내기 같은 이 태연자약에게
없는 눈과 코와 입과 귀를 뚫어줄 테니 나를 따라나서겠
느냐, 의중을 물었던 것인데

할!
철따라 새와 짐승들에게 먹이를 나눠주고 강물을 따라가
며 물고기를 놓아기르는 이웃집 영감이
또 누굴 죽일 작정이냐고 성깔을 부리며 꾸짖는 것이었다

덩치가 나와 엇비슷해 보이는
화전민 후생의 철학자 같은 통나무에 걸터앉아
앞산 너머 흰구름 한 자락이 올올이 풀려나가며 감쪽같이
사라지는 걸 바라보는 한나절이었다

다디단 종점

한 여자가 전철 안에서 뜨개질을 합니다

무릎 위 가방 속에서 부드러운 털실이 마법처럼 술술 풀려나옵니다

따뜻하고 폭신한 꿈의 영토가 조금씩 늘어갑니다

동토에 찾아온 봄의 풀밭처럼 부드럽게 확장되어가는 푸른 목도리 한 장

뜨개질 삼매

대바늘을 빠르게 놀리던 여자가 종점에 이르러 주섬주섬 손을 거두자

나는 입안에 고였던 침 한 모금을 꼴깍 삼킵니다

다디단 종점입니다

3부

꽃은 꽃을 버리고 기꺼이 사람의 일을 따라나섰네

촛불을 끄다

나는 촛불을

입으로 불어 끄지 못한다

맨손으로 공손하게

지그시 잡아서 끈다

마지막 눈빛 감겨드리듯이

꽃의 장례

꽃을 꺾자, 꽃잎 한 장이 미처 단속 못한 쓸쓸한 가을의
심사처럼 흩날렸네

꺾인 꽃대 위에 솟은 눈물방울이 강 건너 배웅 나온 혈육
처럼 그렁그렁 맺혔네

꽃은 꽃을 버리고 기꺼이 사람의 일을 따라나섰네

들꽃 한 송이 꺾어다가 화병에 꽂아놓고 죽은 사람 죽고
나서 처음 만난 듯 서로 환하게 웃었네

아무것도 모르고 조금씩 시들어가는 꽃 몰래 나는 울었네

11월

조문객 없는 오후, 한산한

골목 끝 철공소에서 들려오는 소리

쇠가 쇠를 때리는 소리

쇠가 쇠에게 맞서 대드는 소리

땅 땅 땅 땅 땅땅땅땅땅……

쇠가 다그치고 쇠가 맞받아치다

마침내 서로 고분고분해지는 소리

관 속의 어둠이 차분해지고

옥상의 마른빨래가 바람에 날아간다

도굴

둥근 마제석기처럼
캄캄하게 봉인된 하늘 한끝을
누가 무쇠 날로 쳐서
이 밤, 허공에 새파랗게
불꽃을 일으켜세우나

누가, 잊힌
아득한 사람 하나 캐내자고
겹겹의 먹구름 묘혈을
저리 밤새 허무나

간밤 빗물에 씻겨 드러난
낯이 흰 돌멩이
젖은 한쪽 뺨이 이른 햇살에
말갛게 빛나는 아침

글썽거린다는 것은

가을 하늘엔 눈물이 가득 고여 있습니다

세상의 모든 눈물은 흘러 흘러 가을 하늘에 가 고입니다

이미 울어버린 슬픔이 가슴에 가득차서 한번 울어버리면
못 그쳐 못 우는 하늘

글썽거리는 가을 하늘입니다

글썽거린다는 것은 같이 살자, 라는 뜻입니다

상처 없이 피가 나오는 날도 있었다

골목 어귀에 붙어 있는 오래된 포스터에 끝없이 펼쳐진 설원을 보았다

몇 년째 눈보라 치는 그 광활한 설원을 한 남자가 건너고 있었다

눈 속에 파묻힌 사내의 발이 시리고 아팠다

집에 돌아와 신발을 벗는데 발끝에 핏물이 비쳤다

발을 씻으며 아무리 찾아봐도 상처가 없었다

투명한 얼음 가시가 박혔다가 녹은 자리였을까

오직 한 생각으로 먼 설원을 건너가다보면

가도 가도 없는 사랑을 앓듯, 상처 없이 피가 나오는 날도 있었다

물위의 독서

나무들은 해질녘 저수지가에 일렬로 서 있었다

유난히 물가 쪽으로 기울어 위태로워 보이는 나무 앞에서

나는 걸음을 멈추고 깊을 대로 깊어진 늦가을의

위중한 환우에 대해 물었다

그는 갈바람 잔물결 위로 근시의 눈을 가늘게 뜨고

어두워지는 물빛을 읽으려 한층 더 몸을 기울였다

그 바람에 맑은 물의 서늘한 목덜미를 스친 나뭇가지 끝
에서 생각난 듯

그동안 까맣게 잊고 있었던 오래된 문장 하나가 방울방
울 떨어졌다

나는 집으로 돌아와 전등도 켜지 않은 채

어둠 속에서 그다음 문장을 짓다가 그대로 잠이 들었다

미처 읽지 못한 수많은 나뭇잎이

내 투명한 잠의 잔잔한 수면 위로 밤새 떨어져내렸다

마음 이끄는 이 누구신가

차비가 드는 것도 아니고
시간에 얽매이는 것도 아니어서 마음은 몸을 두고 늘 멀
리 나가 헤매느라 바쁘다
예전엔 몸과 마음이 함께 움직였는데
언제부턴가 뒤처지는 몸을 마음이 앞질러간다

어쩌다 몸이 덜컥 고장이 나면
하루쯤 집에 머물면서 팔다리를 주물러주던 마음이
이제는 노골적으로 한데 눈을 팔아서
며칠씩 몸을 떠나 제대로 먹지도 씻지도 않고 어슬렁거
리다 돌아온다

어느 날은 옛 마을로 가는 버스에 무작정 올라탄 마음이
누굴 만나고 왔는지
늦은 밤 만취 상태로 돌아와
착한 몸을 못살게 굴면서 속울음을 운다

그래도 아직은 잊지 않고 돌아오는 마음이 있어 몸은 여
전히 따뜻하고 축축하다

늘 바깥으로 돌고 돌아 서먹해진 마음이 어쩌다 집에 들
어와 피곤하다며
불을 끄고 누우면

파김치처럼 늘어진 몸이 먼저 깜깜해지는데

불 꺼진 몸속에서 문득 골똘해진 마음이
천천히 일어나 생시인 듯 또 어디 먼 마음에 이끌려 꿈길
을 간다

비 올 확률 오십 프로

저물녘 이울어가는 목단이 왔다

검붉은 입술이, 한물간

싸구려 립스틱처럼 서러웠다

불 꺼진 창문 앞을 서성이다

조용히 돌아서 가는

늙은 애인의 등뒤로

우레를 삼킨 구름이 흘러갔다

방 한 켠, 먹다 만 밥의

희미한 단면이 어두워지고 있다

분신(焚身)

활활 타오르는 불꽃을 바라보다가

난생처음 걷잡을 수 없이 번져가는 불길을 넋 놓고 바라
만 보다가
그 불에 휩싸인 이가 있다

그냥 죽으리라

일생을 가장 구석진 곳에서 싸늘하게 보낸 자가 어찌 불
을 끄랴

고물장수가 새카맣게 타죽은 소화기를 고철더미 위에 던
지고 간다

이제 막 눈이 녹으려 할 때

무덕무덕 떼로 몰려 내려오는 함박눈 송이 송이는 한마음 한뜻으로
작정하고 뛰어내려서 한 빛이다

아니다
수많은 눈송이 하나하나가
다 다른 생각으로 몸을 던져서 한 빛이다

밤새 뛰어내린 고만고만한 생각들이 차분하게 쌓여서 골똘한 아침
생각해보니, 밥이나 벌자고 내려온 건 아니었다

수상한 세상일에 한뜻으로 뛰어들었거나
서로 다른 생각으로 뛰어들었거나
우리도 한때 저들처럼 한 빛으로 빛나던 시절이 있었으니

이 질척거리는 땅에서
이러구러 마음의 흰빛마저 붉은 선혈로 낭자한데

아침햇살 아래
반짝이는 흰 눈이 서로 걸었던 어깨를 풀며 스스로를 조금씩 지워나가고 있다

우리가 개입할 일이 아니라면서

돈을 밟고 오다

한겨울 사람 발길이 끊긴
깊은 산속에 들어서자 한때 초록 인플레의
절정에서 남발해버린
수경어치 지전 같은 낙엽들이
수북이 밟힌다

고액권 지폐를 밟는
즐거움이라니, 한때 술렁거리던
돈잔치가 끝나고
이제는 쓸모없는
낙엽 밟는 소리만이 바스락바스락
숲의 정적을 깨운다

지난여름 녹색 정부의 양적 완화는
완벽하게 실패했다

밤낮없이 찍어대던
녹음 조폐공사에 지쳐 모든 걸 내려놓고
앙상한 피륙으로 죽은듯 곤히 주무시는
겨울나무 어르신들 깰까봐 나는
조용히 산문을 닫고
뒷걸음으로 물러나온다

저 어른들은 한때
돈을 마음대로 찍어서 물쓰듯
원 없이 써봤기 때문에 한 시절 저렇게
쫄쫄이 굶으며 앙상하게 살아도 보는 것이다

견성한 개는 주인을 물어 죽이기도 한다

믿었던 사람 속에서 갑자기 굶주린 개 한 마리가 튀어나와 나에게 달려들었다

개는 쓰러진 나를 향해 한참을 으르렁거리다가
어두운 골목 안쪽으로 유유히 사라지고
언제나처럼 다정했던 그가 달려와 나를 일으켜세우며 괜찮으냐고 물었다

조금 전 당신 속에서 뛰쳐나왔던 그 사나운 개는 어디로 갔느냐고 되묻자
그는 가슴을 열고
나를 닮은 더 무서운 개 한 마리를 보여주며 말했다

이 개 말이오?

나는 결국 사람에게 지는 사람이다 내가 늘
사람에게 지면서도 그 흔한 위로의 반려견 한 마리 키우지 못하는 것은
오래전 내 안에 살던 저 자성의
개 비린내나는 송곳니에게 호되게 물렸기 때문이다

견성한 개는 주인을 물어 죽이기도 한다

매번 나를 물고 늘어지는 내 안의 험악한 개 한 마리를 밖
으로 몰아내기는 어려운 일이어서
나는 다시 나에게 무릎을 꿇고
끝없이 멀어져가는 사람의 끝을 바라본다

말귀

말 못하는 짐승은 때리는 게 아니라던 어른들이
사람 말의 반대쪽으로 돌아서는 개나 소의 앞을 가로막고
채찍을 휘둘렀다 맞으면서
도망가는 짐승들이 무서워하는 건
매질보다 알아듣지 못하는 사람의 말이었다

사람 말을 알아듣지 못하면서
사람과 함께 오래 살아온 동물들은 눈치껏 알아듣는 척
한다
말의 냄새를 골똘히 살피고
목소리의 진동과 파장을 읽으며
눈치껏 고개를 끄덕였다

그러니까, 사람 말만 빼고 다 알아듣는 반려동물들은
사람의 난해한 말 속으로 일단 꼬리를 흔들며 파고들어가
다정하게 안긴다
다 알아듣는 척,

소파에 앉아 뉴스를 보고
밥시간에 맞춰 연신 시계를 올려다보며
학교 간 아이는 왜 안 올까, 현관문을 흘끔거리면서
최대한 사람 말에 가깝게
엄마 아빠를 다정하게 부르다가 가끔은

자신도 모르게 튀어나오는 사투리처럼 으르렁, 개의 공화
국 언어로 사람에게 말대꾸도 하면서

이름 허물기

그것 좀 줘 그거
기름이 잔뜩 묻은
농기계 부품을 양손에 들고
엉거주춤
쏟아놓은 연장 무더기 속에
두 눈을 부릅뜨고
그거 그거
뾰족한 거 그거
뾰족한 게 어디 한둘인가
이거? 이거?
아니 저거 저거
뻰치 앞에 스패너 뒤에
톱하고 나란히 붙어 있는 그거
풀린 것 조이는 거
조인 것 다시 풀 때 쓰는
그래 그거 그거

칼의 성혼 선언

칼과 칼을 붙여놨더니
밤새 저희끼리 몸을 포갰다고 한다
떨어지지 않겠다고 한다
지금까지 혼자 떠돌던
외롭고 험한 낭인의 길을 버리고
가정을 이루겠다고 한다
서로의 가슴에 꽃을 오려붙이고
날마다 이야기꽃을 피우며
칼의 성혼 시대를 열어가겠다고 한다
사랑의 꼭지쇠로 서로를 묶고
생활의 유연한 곡선을 따라
서로의 눈길만 스쳐지나가도 싹뚝,
살뜰하게 화목과 단란을 재단하는
가위가 되겠다고 한다

맥놔시

사극에서 중전마마 회임 맥 짚는 대목을 보았다
상궁이 가느다란 명주실을 마마님 손목에 묶고 문밖 낮게
엎드린 어의 손에 쥐여주면
서너 발 그 긴 명주실의 파동을 살펴
중전의 맥을 짚는 것이다
천 길 수심 깊은 곳에서 부화 직전 어린 생명의 할딱이는
심장박동을 읽어내야 하는 것처럼
표정이나 눈빛 혈색도 살피지 못한 채
말 한마디 섞지 않고서
무명의 깊은 어둠 속에서 넘겨준
달뜬 애기씨의 첫 기미를 잡아내는 순간
명주 실낱을 타고 건너온 그 미세한 태동이 어의의 미간
을 당기면
이윽고 한 왕조의 대를 잇는 묵직한 서사가 팽팽하게 당
겨져 올라오는 것이다

4부

사람에 발이 묶여

낙심(落心)

초록에서 출발한 열매들이 각자의 색깔에 도착하는 가을
이었다

첫서리가 내리고 무너져가는 고택 뜨락에 핀 국홧빛이 비
로소 선명해졌다

더욱 깊어진 검은 우물물 속으로 숨어든 하늘 한 자락의
적나라한 남루가 맑았다

더이상 도달할 색깔이 없는 열매들이 다투어 몸을 던졌다

선생께서 돌아가셨다

섬

풍랑이 쳤다 선착장에

젊은 배 몇 척이

죄인처럼 끌려와 묶였다

나는 민박집 식어가는

온돌에 누워 하루종일

묶인 발을 빼내려고

몸부림치는

창밖 후박나무

잎새 부딪는 소란이나

배불리 듣다가

듣다가 문득, 어린

데릴사위처럼 서러워졌다

먼 곳

흐린 날
병점 간이역에 멈춰서 숨을 고르던 완행열차가 제풀에
겨워
길게 한번 울어젖히면
곧장 서쪽으로 시오리 들판을 달려온
그 기적소리를
소 풀 뜯기던 한 아이가
찬물에 풀리는 국숫발처럼 맛나게 받아먹었다네

그로부터 십 년쯤 지나 고등학생이 된 아이가 병점역에
서 난생처음
그 길고 육중한 덩치에 올라탔는데
밤새 남쪽을 향해 달리며 가출 소년처럼
환호성을 질러댔다네

열세 시간 만에 도착한 부산은 가본 중에 제일 먼 곳이었
지만, 끝내
더 멀리 가는 배는 타지 못하고
다시 열세 시간을 달려 돌아온 집이
세상에서 가장 먼 곳이었다네

일생 먼 곳을 두루 돌아 집으로 돌아온 아이는
이제 고집 센

대륙의 기차처럼 늙어서

흐린 날이면 그 먼 곳에 겨워 제 몸이 낮게 우는 소리를
듣는다네

나무의 뒷모습

나무는 그동안
가만히 서 있는 게 아니었습니다
나무는 자라면서 걷고
또 걸었던 것이었는데요
걷고 또 걸어서 나무의 장딴지는 갈수록
굵어졌던 것이었는데요

한때 회색분자들이 우글거리던
동토에 초록 폭탄을 던진
녹색당원, 결국
푸르게 빛나던 청춘을 탕진하고
맨발로 빈 상점들의 추운 거리를 지나
지전 한 장 없이
닿을 듯 머리 위로 흘러가는
달콤한 구름의 이야기를 따라
그는 얼마나 멀리 걸어갔던 것일까요

평생 걷고 또 걸어서
오늘 자신에게 이른 한 그루
나무의 마지막 뒷모습을 보았는데요
먼길 끝에
자신이 태어난 처음의 자리
그 둥근 나이테 한가운데로

풍덩, 뛰어들어간
파문의 소실점이 다만 고요했습니다

고독의 진화

아주 오래전 인간은 물속에서 헤엄치던 물고기였지
사는 게 만만치 않아 물에서 뭍으로 나오고
또 사는 게 여의치 않아 뭍에서 물속으로 들어간 것들이
있었어
더딘 진화의 뒷방에서 성급하게 몸을 자르고 덧대고 주물
러 이 땅에 정착한 우리는
어느덧 흉측한 마음과 몰골의 사람들,
진화는 기후와 풍토에 몸을 맞춰 입은 게 아니라
피로 물든 개체의 의지와 감성으로 위장해온 가면의 연
대기가 아닐까
다시는 물속으로 돌아가지 않으리라
두 발로 초원을 들짐승처럼 달릴 수 있을 때까지
우린 우리의 존재를 숨기기 위해 숨을 죽이고 살았지
어둠 속에서 그 흔한 뿔이나 날카로운 이빨 하나 갈지 못
하고 아무도 해치지 못하는
나에게만 치명적인
고독이라는 맹독성 침묵을 머금고 살았어
비로소 그 고독의 지느러미에서 자라난 손으로 돌멩이를
움켜쥐고 구체적으로
먹잇감의 머리통을 내리찍고
붉은 노을을 향해 포효하던 그 살의와 분노 속에는 생존
보다
자존을 위한 어떤 피의 서러움이 배어 있지

그래 바다코끼리 바다사자 바다표범 물개는 다시 낯을 바
꾸자고
　물속으로 돌아가는 중인데
　먼 옛날 일찍이 사람 포기하고 다시 물속으로 돌아간 반
인반어들은
　아예 심해로 가라앉아 영 나오질 않네
　그들은 어떻게 변했을까
　그들처럼 빛을 등지고 물밑 어두운 절망 속으로 끝까지
내려가면 거기
　어느 순간 마음에 불이 들어와 몸이 환해지는 별처럼
　캄캄한 고독의 해저에서 반짝일 수 있을까
　그쯤이면 일찍이 무언의 극초단파로 나누던 사랑의 속삭
임이 들릴까
　사는 게 갈수록 팍팍해지는 우리는
　앞으로 어떻게 변해갈까 갈수록 자신에게만 치명적인
　고독은 정말 우리를 멸종에 이르게 하는 독이 될 수 있
을까
　깊은 물속에 하루쯤 가라앉아 쉬고 싶은 날
　내 몸속 깊은 공기주머니 속에서 오래 묵은 비릿한 한숨
이 흘러나오고
　요즘 들어 자주 어딘가로 떠나고 싶다고 출렁거리는
　네 몸의 잔물결 너머에서도 오랜 그리움의 비린내가 난다

곰으로 돌아가는 사람

곰 한 마리가 거리를 어슬렁거리고 있다
그 옛날 곰에서 사람으로 슬쩍 자리 바꿔 앉은 죄
곰에게도 절반의 책임이 있을 터
필시 저 곰 속에도 후회막급인 사람이 한 마리 숨어 있
을 것이다

사는 일에 쫓겨 얼떨결에 곰 속으로 들어간 사람
사람이 되기 위해 마늘과 쑥을 먹으며
백 일을 견뎠다는 곰의 가죽을 뒤집어쓰고 초여름 땀을
뻘뻘 흘리며
다시 곰으로 돌아간 사람
육중한 몸을 이끌고 어슬렁
사람 동네 깊숙이 숨겨진 달콤한 꿀을 찾아 절벽을 타기
도 하고 아슬하게
썩은 고목을 오르는 사람

서울 한복판 마로니에공원에서
오늘 중으로 상가 분양 전단지를 다 돌리면
한밤중 다시 곰을 벗고 사람의 형식으로 돌아가야 하는
사람
곰 일당으로 간신히 하루를 살아가는 사람
어제는 도심의 넘치는 음식물 쓰레기통을 기웃거리다 처
참하게 사살된

멧돼지 일가족 장례식에서
곰의 탈을 쓰고 유일하게 인간의 눈물을 흘린 사람

이제 사람으로 돌아와도 할 줄 아는 게 없어 한 계절 쪽방
에서 잠만 자는 사람
조금씩 사람 이전의 곰으로 다시 돌아가고 있는 사람

가지런히 벗어놓은 신발 한 켤레

일을 하고 돌아온 사람이 신발을 벗으면 흙과 땀이 섞여
나온다
먼길을 돌아온 사람이 신발을 벗으면 수많은 이야기가 쏟
아져나온다
싸움터에서 돌아온 사람이 신발을 벗으면 핏물이 고여
있다

돌아와, 신발을 벗는다는 건 일과 방황과 전쟁이 끝났다
는 것
일생 차별과 멸시에 밀리던 불편한 발 하나가
저수지 뚝방 위에 신발을 가지런히 벗어놓고 백열전구만
한 달이 켜져 있는 물속으로 걸어들어가
깊은 잠에 들었다

나란히 벗어놓은 신발 곁에 흩어진 소주병
아무리 취했어도 흙투성이 신발을 신고 저 맑고 깨끗한 방
안으로 뛰어드는 건 죽음에 대한 모욕이다
그는 마지막까지 무례한 삶에게 예의를 다했다

무거운 짐 내려놓고 얌전하게 주차해놓은 빈 용달처럼
거센 풍랑의 바다를 헤치고 돌아와 항구에 정박한 배처럼
조용하다 미풍이 불어와
뜨거운 뱃머리를 식혀주고 있다

돌아가자,

끝까지 그를 실어나르고 배웅을 마친 신발 속으로

뒤꿈치 말간 햇구름이 내려와 가만히 발을 넣고 돌아서
간다

우는 인형

어스름 저녁 공원 입구에서 한 여자아이가 인형을 잃어
버렸다고 한다
　몸속에 슬픔이 가득차서
　가슴을 누르면
　눈물이 주르르 흐르는 인형이었다고 한다
　한쪽 손엔 인형의 손을 잡고 있었고 한쪽 손엔 솜사탕을
들고 있었는데
　누가 먼저 손을 놓았는지 기억나지 않는다고 한다
　오가는 사람들 사이를 헤집고 다니며 목놓아 인형을 부
르던 아이가
　제 품속에서 차오르는
　눈물의 수위를 자꾸 들여다보며 울었다고 한다
　이미 다 울어버려서 더이상 울지 못하는 사람들은 뿔뿔이
흩어져 집으로 돌아갔다고 한다
　늦은 밤까지 솜사탕은
　우는 아이 손에서 서럽게 다 녹아내렸고
　고개 숙인 가로등이 제 발등을 내려다보며 숨죽여 울었
다고 한다
　어두운 하늘을 향해 찌를 듯
　뻗어간 나뭇가지에서 마른 열매가 목을 매단 채 밤새 흔
들리는 가을밤이었다고 한다
　새벽녘 울다 잠든 아이의 한쪽 손에는
　아직 인형의 체온이 남아 있었다고 한다

눈물이 다 빠져나가서 몸이 헝겊 뭉치처럼 가벼운 아이 ―
였다고 한다

독버섯

형형색색의 명품 코너 앞에 신입 모델들이 양산을 펼쳐들
고 멋진 포즈로 서 있는 곳
마을 뒷산에 화려한 아웃렛이 문을 열었다네

인생의 가장 아름다운 시절을 그냥 이렇게 허공에 날려
버릴 순 없지,
때를 놓치지 않고
주름우단버섯은 멋진 신상품 모자를 눌러쓰고
오가는 동네 처녀 총각들에게 끊임없이 유혹의 포자를 날
린다네

노루궁뎅이나 싸리버섯 따위를 거둬들고 가는 소박한 마
을 사람들은
그들을 거들떠보지도 않지만
정말 아름다운 나라로 가는 지름길이 궁금한 사람들은 드
문 고객들 사이로
얼굴을 디밀고 울긋불긋
그 치명적인 독성의 황홀경을 기웃거린다네

나 어릴 적, 어여쁜 개나리광대버섯은 자신의 자태에 반
해 찾아온
어느 초라한 신부에게
그 환상의 나라로 떠나는

화려한 외출의 길잡이를 해주었다네

원색의 빤따롱과 물방울무늬 투피스와 색색의
잠 속으로 빠져드는 망사 드레스들이 하늘거리며 걸려 있
는 패션의 일번지를 찾아서,
그해 한 여자를 데려갔다네

귀곡성

한겨울 들판에 서서 우는
봉두난발 마른 풀과 꽃대를 베어다가 저녁 군불을 지피
고 누운 밤
누군가 우리집 지붕 위로 천발 만발 펄럭이는
광목천 같은 세찬 눈보라 허공을 찢으며 우는 소리를 들
었던 거라

매서운 바람 끝에 매달려
다급하게 날아든 갈잎 몇 장도
오래전에 죽은 사람의 빛바랜 부음처럼 문틈에 끼어 밤
새 울었던 거라

한데서 얼어죽은
천지간 사람 아닌 것들의 억울한 죄목들까지 벌판 끝으로
몰아가는 쇠바람 속
제 울음도 못 듣는 귀머거리 눈송이들의
먹먹한 이명 속에서도 누군가 소리 죽여 울었던 거라

이른 아침, 나는
밤새워 곡(哭)을 비운 허공에
흰 빨래처럼 차갑게 빛나는 아침 허공에 더운 숨을 길게
한 번 내쉬고서
향기로 울다 간 마른 풀꽃 내음 같은

먼 조상들의 맑은 옷자락에 상기된 뺨을 스쳐도 보았던 ─
거라

업어주는 사람

오래전에 냇물을 업어 건네주는 직업이 있었다고 한다
물가를 서성이다 냇물 앞에서 난감해하는 이에게 넓은 등
을 내주는
그런 사람이 있었다고 한다

선뜻 업히지 않기에
동전 한 닢을 받기 시작했다고 한다
업히는 사람의 입이 함박만해졌다고 한다
찰방찰방 사내의 벗은 발도 즐겁게 물속의 흐린 길을 더
듬었다고 한다
등짝은 구들장 같고
종아리는 교각 같았다고 한다

짐을 건네주고 고구마 몇 알
옥수수 몇 개를 받아든 적도 있다고 한다
병든 사람을 집에까지 업어다주고 그날 받은 삯을
모두 내려놓고 온 적도 있다고 한다
세상 끝까지 업어다주고 싶은 사람도 한 번은 만났다고
한다

일생 남의 몸을 자신의 몸으로 버티고 살아서
일생 남의 몸으로 자신의 몸을 버티고 살아서

그가 죽었을 때, 한동안 그의 몸에 깃든

다른 이들의 체온과 맥박을 진정시키느라 사람들이 애를

먹었다고 한다

사람에 발이 묶여

비가 억수로 오거나

눈이 무릎까지 차거나

태풍이 불어오거나

때없이

길이 꽉 막히거나 해서

좀더 있다 가려고

조금만 더 놀다 가려고

양말을 벗고

상한 발을 주무르며

묵은 이야기들을

풀어놓다가 날이 저물어

오늘도 못 간다고

해설

발굴하는 자와 발굴되는 자
이순현(시인)

둥근 마제석기처럼
캄캄하게 봉인된 하늘 한끝을
누가 무쇠 날로 쳐서
이 밤, 허공에 새파랗게
불꽃을 일으켜세우나

누가, 잊힌
아득한 사람 하나 캐내자고
겹겹의 먹구름 묘혈을
저리 밤새 허무나

간밤 빗물에 씻겨 드러난
낯이 흰 돌멩이
젖은 한쪽 뺨이 이른 햇살에
말갛게 빛나는 아침

　　　　　　　　　　—「도굴」 전문

　누가 무엇을 발굴하는가? "낯이 흰 돌멩이". '흰 돌멩이'
란 무엇인가? 그것은 "잊힌" 세계, "아득"히 묻힌 세계의
존재이다. 살아 있으나 죽은 듯한, 죽은 척하며 존재하는 것
이다. 카프카를 빌려오지 않더라도 우리는 이 시에서 도끼
날을 발견한다. 얼어붙은 바다를 깨는 도끼가 아니라 "캄캄
하게 봉인된 하늘"을 깨는 도끼이다. 왜 봉인된 하늘인가?

"겹겹의 먹구름" 깊이 묻혀 있기 때문이다. 하늘은 하늘이되 지하처럼 묘혈로 이루어져 있다. 도끼를 휘두르는 사람은 누구인가? 묘혈을 파서 새로운 생명을 발굴하는 자다. 발굴하는 자는 발견하는 자, 견자이다. 죽은 듯한 세계에서 아무도 보지 못하는 것을 보는 자, 그가 바로 발굴하는 자, 시인일 것이다. '흰 돌멩이'는 '알'과 같은 세계이다. 그것을 알아보고 발굴한다. 아직 존재들이 인위적으로 구분되고 차별되기 이전의 세계, 이분법적인 현상계 너머에서 온 것이 바로 이 '흰 돌멩이'이다.

  어느 가난한 흰빛의 최후를 수습한, 이 간결하고 맑은 슬픔은

  결백을 달이고 달여 치명에 이른 순백의 맑은 독 같아서

  험하게 상한 몸속의 사나운 짐승을 제압하는 일에 쓰인다네

  차마, 검은 간 한 방울 떨어뜨려

  흐린 제 마음 빛으로나 어둡게 받아야 하는 청빈의 송구한 맨살이라네

                              ―「흰죽」 전문

109

'흰' 것은 정제된 것이다. 진흙탕 속의 모든 색을 다 지우고 걸러내서 마지막에 솟아오른 벼 꽃대가 만들어낸 결정이다. 이삭에서 '흰 쌀알'까지 이르는 길은 신성하고 거룩하고 숭고하다. 그 길처럼 정신의 길도 수직으로 오르내리는 운동성을 가지고 움직인다. 깨끗한 밥, 거룩한 밥, 숭고한 밥은 주식의 의미를 넘어서 생명을 아우르고 정신적인 결기까지 다스린다. 정반(淨飯)이라는 말이 있다. 흰밥, 백반보다 더 높고 귀한 지위를 확보하는 정반은·정제되고 정갈한, 삿된 것들의 손을 타지 않은 것이다. 아무런 맛이 없는 듯하나, 그 없는 듯한 맛이 다른 모든 맛을 살려낸다. 밥은 생명을 살리는 거룩하고 위대한 치료제다. 싯다르타가 나고 자란 카필라성은 쌀농사를 중심으로 형성된 나라였다. 그의 아버지 이름이 '정반왕(淨飯王)'이었다. 깨끗한 밥의 왕, 정반왕이라는 이름은 사람에게 '흰 쌀알'이 갖는 의미를 보여주는 매우 상징적인 호칭이다. 시집에서 펼쳐 보이는 터전은 정반의 아우라를 기반으로 하고 있다. "흰죽"은 소박하고 가난한 먹을거리라기보다 결백한 생이 상 위에 모셔진, 핵심만 남긴 극단이다. 이것은 '흰 돌멩이'처럼 발굴되는 것이다. '흰 돌멩이'처럼 단단하고 '흰죽'처럼 부드러운, '흰' 것이 시집 전체를 아우라로 감싸고 있다.

화자는 흰, 정(淨)한 지평, 순백의 시공으로 회귀하는 동심원 속에 있다. 결백과 순백은 고요를 지향한다. 깊이 들어가든 높이 올라가든 바탕에는 순수를 향한 에너지가 언제나 작동하고 있다. 보이지 않는 시간의 중심축을 오르내리며, "먼 길 끝에/ 자신이 태어난 처음의 자리/ 그 둥근 나이테 한가운데로/ 풍덩, 뛰어들어간/ 파문의 소실점이 다만 고요"(「나무의 뒷모습」)한 경지를 추구한다.

'흰' 이미지는, 밥, 눈, 이슬, 청빈, 맑음, 고요, 결기, 결백, 바름 등으로 나타난다. 흰빛은 대체로 올바름이면서 청정한 상태의 다른 표현이다. '정'은 正과 淨, 둘 다를 함의한다. 正의 의미일 때는 눈물, 이슬, 바름의 뜻으로 나타나고, 淨의 의미일 때는 눈, 청정함, 청빈 등 오염되지 않은 상태를 말하고 있다. "반짝이는 흰 눈이 서로 걸었던 어깨를 풀며 스스로를 조금씩 지워나가고 있다// 우리가 개입할 일이 아니라면서"(「이제 막 눈이 녹으려 할 때」). 자연이나, 사람이 아닌 것의 위력에 힘을 실어주고, 오염된 자연에서 인위의 힘을 철회하는 태도를 보여준다. "글썽거리는 가을 하늘입니다// 글썽거린다는 것은 같이 살자, 라는 뜻입니다"(「글썽거린다는 것은」)에서는 함께 살아가는 공동체의 의식을 눈물의 이미지로 펼쳐두고 있다. "내 몸안에 굴을 파고 살던 어린 날의 정 깊은 병들"(「밥벌레」)을 다스리는 약으로서의 밥은 다른 생명을 치유하고 일으키고 키워내는 청정한 힘의 원천이다. 벼를 재배하고 농토를 가꾸는 일은 사회적, 경제적으로 우위를 점유해본 적이 없다. 하지만 생명의 건강과 존엄을 전제로 한다는 점에서 정갈하고 바람직한 일이라 시인은 자부한다.

시인의 이전 시집에서도 '흰' 이미지는 지속적으로 발견된다. 바르고 청정한 것인 만큼, 그것이 무너지고 훼손되었을 때는 삿된 것의 표상으로 나타난다. "이슬 한 방울로/ 천년을 살 때, 내 몸속에/ 지하수보다 더 차가운 무색 투명한 피"*"한 청춘을 돌려 순백의 면사/ 올올이 풀어내어/ 이불 한 채 지어냈겠구나"**"맑고 고운 미성의 하얀 맨발을 절룩이며/ 자욱이 건너가고 있었어"***에서 보듯 이미지는 극적인 양상으로 변주된다. 암묵 중에 격조가 드러나는 이미지로부터 시인의 타고난 미학적 지향을 들여다볼 수 있다.

이 세계가 더없이 진정성 있게 다가오는 것은 이덕규 시인이 직접 농사를 지으며 생명을 가꾸는 사람이기 때문이다. "들에서 돌아온 어머니 뱃속에서 내가 순하게 미끄러져 나"(「때와 일」)오던 그 터전에서 지금도 온몸으로 미끄러져 발굴되어 나오는 시인이기 때문일 것이다.

생명의 존엄과 아름다움이 사라져가는 현장에서 시인은 특정한 이념이나 사상에 편향되지 않는 시의 길을 걷고 있다. 생생한 날것의 감각과 목소리로 우리 눈앞에 불려온 이

---

* 이덕규, 「백사(白蛇)」, 『다국적 구름공장 안을 엿보다』(개정판), 문학동네, 2022, 36쪽.
** 이덕규, 「저 흰 빛은 다 어디로 가나—첫눈」, 『밥그릇 경전』, 실천문학사, 2009, 38쪽.
*** 이덕규, 「저녁의 익사체」, 『놈이었습니다』, 문학동네, 2015, 26쪽.

시편들로부터 우리는 비로소 살아 있다는 느낌을 다시 찾을 수 있다. 회사후소(繪事後素)의 마음으로 시인은 '흰 돌멩이'와 '흰죽'의 '흰' 공간에서 다시 "그 밤으로 가는 달구지", 즉 근원적인 시간을 발굴한다.

나는 일곱 살, 지금 달구지 위에 있다
냇갈 건너 오늘 밭에서 거둔 수숫단 위에, 콩단 위에, 들깻단 위에 누워 있다
방금 아버지가 나를 번쩍 들어
달구지 위로 가볍게 던져올린 것이다
입이 함박처럼 벌어지며 잠깐 허공을 날아 푹신한 짐 꼭대기에 실린 나는, 그러니까
올해 우리집 농사 중에 마지막으로 수확한 씨알이다

(……)

이윽고 우리집 대문이 삐이걱 열리는 소리, 학교에서 돌아온 누님들이 와자하게 몰려나오는 소리
다 왔다,
나는 수숫단 위를 미끄러지듯 팔 벌린 아버지 품으로 내려온다

(……)

식은밥을 말아 늦은 저녁을 먹는다
어디선가 타작 검불 태우는 연기가 온 마을을 휘감아 돌
고 등잔불 아래 빙 둘러앉아
그림자놀이 하는 누님들 곁에 엎드려
나는 내 이름자를 그리다 그대로 잠이 든다
잠결에 울대 왕소나무 위에서 밤새가 울고
노곤하게 지친 엄마가 가만히 나를 안아서 아랫목에 뉘
는 밤, 그 밤으로 가는
나는 아직도 달구지 위에 있다
　　　　　　　　　　　　　—「그 밤으로 가는 달구지」 부분

시 속의 일곱 살 아이와 유사한 체험이 없다고 하더라도
가을 들녘에서 집으로 돌아가는 길을 따라가다보면, 이처럼
아름답고 경이로운 감각이 원형 그대로 간직되어 있다는 점
에 감탄할 것이다. 일곱 살의 '나'는 "내 이름자를 그리다 그
대로 잠이" 드는 문자 이전에 있다. 시인의 발굴이 시작되
는 출발점이다. 아직도 도깨비가 출몰하여 "제 주인을 막다
른 곳에서 때려눕"(「도깨비」)히는 문명 이전이다. '실낙원'
을 살아내다가 자신만의 세계로 복원하면서 들어가는 첫 관
문에서, 문 없는 문을 통과하는 표석처럼 하나의 시를 세워
놓았다. "학교에서 돌아온 누님들"은 "등잔불 아래 빙 둘러
앉아/ 그림자놀이"를 하고 있다. 언어와 이성의 규범과 관

념에 물들지 않은 순수한 시간이다. 그 눈으로 보는 가족과 이웃, 동네 사람과 농촌의 자연은 매우 건강하고 태곳적 정서 속에 있다. 순수하고 근원적인 시공간은 몽환적이고 신화적이기까지 하다. 그곳에서는 '나'와 '나' 아닌 세계가 분리되어 있지 않다. 자연과 공동체와 개인이 파편화되기 이전의 근원을 찾아, 언어라는 "무쇠 날"(「도굴」)로 파내려간다. 발굴하는 주체는 사람과 '사람 아닌 것', 문명과 자연의 사이에서 균형을 유지하면서 시간의 단층을 걷어낸다.

아이의 감각을 통해서 보는 충만하고 풍요로운 세계는 결핍이 없는, 있는 그대로의 낙원이다. '나'는 "올해 우리집 농사 중에 마지막으로 수확한 씨알이"며, "달구지 위에 누워서도 나는 어디쯤 왔는지 다 안다". 그러나 뿌듯하고 행복한 공간은 지금의 현실이 아니다. 기억의 공간과 현실 사이 메꿀 수 없는 간극은 '실낙원'을 생각하게 한다. 기억이 펼쳐지는 장소는 유토피아와 디스토피아가 서로 갈등과 조화를 반복하며 엮어나가는 혼재향(混在鄉)일 것이다. "차르륵 차르륵 달구지 바퀏살에 냇갈 물 감겨 올라오"듯 싱싱하게 길어올린 이야기처럼, 밤 속으로 달리는 기억의 바퀏살에도 부활하는 서사들이 날것으로 감겨 올라올 것이다.

일곱 살의 화자가 "다 왔다."라고 하는 진술의 내용을 살펴보면, 들판에서 집으로, 낮에서 밤으로, 일터에서 휴식의 공간으로의 이동이 드러난다. 시선을 확장하여 시집 전체를 놓고 보면 "다 왔다."는 문자 없는 세계에서 문자 있는 세계로, 둘러앉은 밥상의 화해로운 자리에서 '혼밥'(「혼밥」)을 먹는 단절의 일상으로, 전기가 없던 시절에서 전기가 들어오는 시기로, 밤과 어둠이 존재로서의 지위를 가지던 시절에서 인공 빛으로 대체되는 시대로, 농약 없는 농사일에서 제초제를 항공 살포하는 산업으로, 농로 포장이 안 된 들판에서 맨땅이 없는 길의 죽음으로, 청정하고 건강한 정신세계에서 부정하고 훼손된 병리적인 세계로, 사람이 아닌 초자연적인 것들까지 어울리는 조화로운 터전에서 개인이 중심이 된 이기적인 농촌으로의 이행을 함의하고, 두 세계를 뚜렷하게 나누는 분기점으로 작용한다.

"다 왔다,"라고 하면서 쉼표를 찍어두었다. 쉼표는 '다 왔다'라는 문자적 의미와는 다르게 가는 길은 완결되지 않고 아직 진행중이라는 뜻이다. 다 왔지만 다 오지 않았다. 더 섬세하게 의미를 발견하고 발굴해내는 일이 남았다는 시인의 의지가 드러난다. 끝나지 않는 길의 진행 방향은 正하고 淨한 방향으로 이어져 있다.

> 여린 풀잎들 살 오르듯
> 도독하게 돋아 올라오는 유월 논둑 위로
> 저녁놀이 번져가면
> 어린 나는
> 그 크고 착한 논두렁 등허리를 타고 앉아
> 순한 짐승의 울음소리를 들었던 거라

(……)

등짝이 두둑한
그 울음을 타고서, 나는
저문 들판을 건너 집으로 돌아오곤 했던 거라
　　　　　　　—「황소 배미 전설—우는 논두렁」 부분

어린 '나'가 논둑에 앉아서 너른 들판을 조망하며 듣는 소
울음처럼, 우는 논두렁은 교감이 가능한 땅의 생태에 대한
믿음을 일깨워준다. '나' 또한 들판의 곡식들처럼 그것들의
등에 업혀서 더 깊게 근원의 자리로 들어가는 은덕을 입는
다. 희고 바르고 청정한 세계가 가능했던 것은 사람과 '사
람 아닌 것'의 힘이 함께 작용하기 때문이다. "가을걷이/
끝나자마자/ 서둘러/ 빈손으로 떠난// 오직 사람 아닌/ 것
들"(「입동」)은 자신의 직분과 능력이 다했을 때 미련 없이
떠났다가 때가 되면 다시 돌아와 그들의 본분을 충실하게
수행한다. '사람 아닌 것'들의 정체는 초월적이지 않다. 일
곱 살의 어린아이가 만날 수도 있는 근원의 자리에서 출현
하는 것이다. 그들은 '나'와의 연결이고 확장이며, 시인이
분기점으로 삼는 일곱 살 이전의 세계에 공존하는 특징을
가지고 있다. 그 시절에는 "한밤중 다시 곰을 벗고 사람의
형식으로 돌아가야 하는 사람" "조금씩 사람 이전의 곰으

로 다시 돌아가고 있는 사람"(「곰으로 돌아가는 사람」)처럼, 사람에서 동물로, 동물에서 사람으로 존재의 전환이 가능했다. 그 구체적인 모습은 「황소 배미 전설—우는 논두렁」 「도깨비」「참붕어 한 마리」「우는 인형」「귀곡성」「업어주는 사람」 등에 제시되어 있다. 존재가 특정한 개체로 고정되지 않고 전신(轉身)과 변신(變身)을 할 수 있었으나, 문명화할수록 단절되고 고립되어간다. 땅이 시멘트 껍질에 싸이듯이 사람에서 사람, 사람에서 자연으로의 존재 이동 통로가 막힌다. 서로 분리되고 불화하는 상황으로 접어들게 된다. 그렇게 '사람 아닌 것'들이 존재로서의 지위를 상실하고 역할이 없어졌을 때는 이미 농사의 생태와 곡물을 재배하는 방법도 변화하고 변질된 다음이다.

　　염천에 논두렁을 걷다가 슬쩍
　　오리알 둥지를 스쳤을 뿐인데 알을 품던 어미 오리가 돌아오지 않는다

　　멀쩡했던 오이 꼭지들이 짓물러 떨어지고
　　참외 배꼽이 까맣게 썩어들어갔다

　　여물 속 독사를 삼킨 암소가 유산을 하고
　　노랗게 곪은 젖을 뚝뚝 흘리며 돌아다녔고 뒤꼍 장독대 새로 담근 장이 푹푹 썩어갔다

새 생명이 오는 길목을 가로막고
다른 종끼리 거품을 물고 붙어먹는
싸늘한 상극의 역주행
부엌칼이 날아가 꽂힌 마당에 검은 피가 흐르고 독초가
우북이 돋아났다

　　　　　　　　　　　　　 —「부정(不淨)」부분

　이 시는 '나'의 청정하지 못한 측면을 적나라하게 드러내
고 있다. 단지 걸어가면서 무언가에 "스쳤을 뿐인데" 비극
적인 변화가 일어난다. '나'에게 내재되어 있는 요인들이 생
명과 반대 방향으로 작용한다는 것을 암시한다. 이때의 '나'
는 개인으로서의 '나'가 아니라 자연과 생명에 위해를 가하
는 사람의 대표이다. 시의 제목인 '부정(不淨)'은 두 가지
로 유추해볼 수 있다. 하나는 '사람 아닌 것'들의 떠나감, 다
른 하나는 사람들의 활동이 자본과 결탁했다는 비판이다.
이 두 의미는 인간세계가 자연을 배척하고, 물물이 이윤으
로 가치가 매겨지는 타락의 영역으로 진입했다는 것을 의
미한다.
　그 영향권에 든 존재들은 "오직 사람을 위한/ 하나의 방
식으로 훈육되고 양육"(「그 많던 일꾼들은 다 어디로 갔을
까」)되며 착취당하는 자리에 놓여 있다. 그들이 사람들의
"훈육"과 "양육"에 적극적으로 저항하는 방식은 스스로를

죽이고 소멸시키는 것이다. "새벽녘 울다 잠든 아이의 한쪽 손에는/ 아직 인형의 체온이 남아 있었다고 한다/ 눈물이 다 빠져나가서 몸이 헝겊 뭉치처럼 가벼운 아이였다고 한다"(「우는 인형」)에서 보듯 어린아이마저도 엄마나 아버지, 다른 가족의 손이 아닌 인형의 체온을 그리워하며 산다. 「그 밤으로 가는 달구지」의 일곱 살 화자와 비슷한 나이의 여자아이조차 홀로 소외되고 고립된다. 인형과 교감을 나누려다 인형처럼 헝겊 뭉치가 되어가는 아이의 현실은 참담하다. 정갈한 것들이 사라진 다음의 세계는 디스토피아다. '나'도 모르는 무엇이 그렇게 참혹한 결과를 불러왔을까. "새 생명이 오는 길목을 가로막고/ 다른 종끼리 거품을 물고 붙어먹는/ 싸늘한 상극의 역주행"으로 인해서 "어린 이슬도 지상에 도착하자마자 눈도 못 뜬 채 죽"(「그 많던 일꾼들은 다 어디로 갔을까」)어버린다. 이슬조차 살 수 없는 실낙원의 현황은 현재까지 진행중이다. '사람 아닌 것'들이 떠난 자리에서는 그들이 받치고 있던 사람도 훼손되고 붕괴된다. 정(淨)한 것들이 부정(不淨)하게 돌아서고, 맑고 청빈하던 영혼들이 혼탁해지다 마침내는 병이 들고 죽음까지 맞는 변고를 겪는다.

　시인으로서, 농부로서, 오염된 환경의 미래를 염려하며 실천하는 활동가로서, 화자가 도달하려는 지점은 어디인가. 그 지향점의 끝은 달구지 위에 있는 게 아닐까. 시집 전체의 공간적인 배경은 외지고 낙후되거나 과거에만 존재했던 시골이 아니라 지금도 사람들이 살아가고 있는 동네 그대로

이다. 도로가 뻥 뚫려 있고, 주변에 공장들도 들어섰는데,
여전히 산은 산대로 들판은 들판대로 옛 모습을 가지고 있
는 도시 인근의 농촌이다. 이곳에서 사람들은 침범해들어
오는 산업화와 자본화의 물결을 막아내며 농사를 짓고 있
다. 순수하게 치러지던 농사의 업을 천직으로 지켜내려 애
쓰고 있다.

　　들판 한가운데
　　몇 년 동안 묵은 논이 붐비기 시작했다
　　사람 손길이 끊기고 잡초 무성한 묵정논이 되었다고 모
두들 혀를 찼는데
　　어느새 뭇 생명들의 피난처가 되어 있었다
　　온갖 농약의 융단폭격을 피해 숨어드는
　　들판의 유일한 방공호였다
　　일 년 내내 붐볐다
　　처음엔 작은 날벌레들이 잉잉거렸고
　　나중엔 너구리와 고라니가 뛰고 굴을 팠다
　　능수버들이 우거지고
　　백로와 왜가리가 둥지를 틀었다
　　으슥한 밤 은밀하게 꿈틀거리는 것들,
　　교미하는 무자치 박새 물오리의 빛나는 몸과 젖은 눈
을 훔쳐봤다
　　방공호에서 몸을 섞는 것들은 슬펐다

맹꽁이가 알을 슬고 꽃가루가 날렸다
　　장마 끝에 온갖 벌레와 곤충이 울었고 처음 보는 꽃들이
은하수처럼 무더기무더기로 흘러갔다
　　사라졌던 것들이 짝을 맞춰 돌아왔다
　　어디서 오는지 알 수 없었다
　　사람들 손이 멈춘 곳
　　사람 발길이 끊긴 들판 한가운데
　　묵정논 한 배미가 생명의 섬처럼 떠 있다
　　농약과 화학비료의 바다에 노아의 방주처럼 떠 있다
　　　　　　　　　　　　　　　　　　　　—「묵정논」전문

　너른 들판에는 사람들이 선택하고 허용한 식물만 자라고
있다. 생물을 죽이는 화학비료와 농약이 뿌려지고, 땅의 힘
과 사람의 청정한 기운을 다 써버린 농지는 버려지지만 사
람의 손길이 끊긴 논에는 밀려난 것들끼리 관계가 돈독해진
다. 고향에 살면서도 실향의 의식 속에 잠겨 있는 화자는 예
기치 못한 곳에서 본향을 발굴하게 된다. "농약과 화학비료
의 바다"에 섬처럼, '구원의 배'처럼 떠 있는 묵정논이 그것
이다. "잡초 무성한" 황무지가 새로운 낙원으로 다가온 것
이다. 농사를 짓는 사람의 입장에서 묵정논은 "온갖 벌레와
곤충"들과 잡초들이 번져올까봐 조바심나는 몹쓸 대상이
다. 더군다나 수시로 출몰하는 "너구리와 고라니"는 농사를
망치는 더욱 골치 아픈 짐승들이다. 생태가 건강하게 회복

되는 땅보다 소출의 증대가 더 중요한 농부들은 달가울 이
유가 전혀 없다. 그러나 화자는 묵정논을 "생명의 섬" "노
아의 방주"라고 이르며, 방치하고 묵혀버린 폐허에서 희망
을 발견하고 기꺼워한다.

  열세 시간 만에 도착한 부산은 가본 중에 제일 먼 곳이
 었지만, 끝내
  더 멀리 가는 배는 타지 못하고
  다시 열세 시간을 달려 돌아온 집이
  세상에서 가장 먼 곳이었다네
                              ─「먼 곳」 부분

  멀리 떠나려고 가출하듯 집을 벗어났지만, "세상에서 가
장 먼 곳"이 집이라는 역설을 발견할 수 있다. '먼 곳'은 어
려서부터 나이가 들 때까지 한자리에서 수직으로 깊어지는
곳이다. 한자리에 앉아서 파고 내려가는 행위는 수행에 가
까운 구도(求道)와 닮아 있다. 가시적으로 강조하지 않아도
자연스럽게 드러나는 시편들의 주체는 발굴하는 자이다. 발
굴하는 자는 사람 아닌 것들, 산업화에서 밀려난 자연, 도시
화에 편입되지 못한 사람들을 널리 품어 안는 섬세하고 수
용적인 자이면서, 동시에 수직의 깊이로 시간을 파고 내려
가는 "무쇠 날"(「도굴」)같이 단단하고 맹렬한 자이다.
  '나'는 "그 옛날 어떤 막막한 몸이 이 땅에 떼어 던진 제

123

살 한 점이다// 나는 캄캄한 흙속에서 사람이라는 종자로 싹을 틔운 최초의 기쁨이다"(「농부」)라며 스스로를 정의한다. 시 속의 화자와 실제 시인의 생활이 거의 일치한다. 인간을 착취하는 노동이 아닌 생명을 키우고 거두는 일의 차원에서 농사짓고 시를 쓰는 자신을 발굴하려 한다. 지도 없이 떠난 길, 그가 도착한 곳은 출발지에서 가장 먼 곳이었고, 그가 떠났던 그 자리였다. 떠나지도 못하고 돌아오지도 못한 불민한 의식의 선상에서 그는 왕복 운동을 할 뿐이었다.

시인에게 본향은 공간보다는 시간이 더 중요하다. 표면적인 변화는 공간을 중심으로 이루어지지만, 시인의 의식은 늘 시간의 원점에 닻을 내리고 있다. '나'의 안에 있었는데 '나'도 모르게 놓쳐버렸던 지점들을 찾아내고 초점을 맞춘다. 그것은 단순히 과거로 돌아가는 일이 아니다. 지금 여기서 발현되는 감각이다. 과거를 추억하는 진부함을 넘어서서 존재의 보편성과 근원적인 영역에 닿아 있다.

나는 촛불을

입으로 불어 끄지 못한다

맨손으로 공손하게

지그시 잡아서 끈다

마지막 눈빛 감겨드리듯이

　　　　　　　　　—「촛불을 끄다」 전문

　전기가 들어오기 전의 원형적인 공간을 경배하고 추모하
듯, '나'는 "공손하게" "마지막 눈빛 감겨드리듯이" 시간을
끈다. 시인이 추구하는 이 삶의 원형은 미래에 있지 않다.
매 순간을 관통하는 지금 여기에 편재한 것이다. 그는 "등
짝이 두둑한/ 그 울음"(「황소 배미 전설—우는 논두렁」)에
올라탄 듯 유순하고 나지막한 목소리로 이전의 세계를 불
러본다. 그 부름에 대답하지 않는 침묵은 그 목소리가 아직
도 어딘가를 향해 달려가고 있다는 걸 의미한다. 시인은 사
람들의 내면으로 좀더 달려가면 마침내 도달할 수 있으리
라 믿는다. 잃어버린 낙원이 다시 복원되는 데까지 이르기
를 간절히 원한다.
　가장 오래된 것이 가장 새로운 것이다. 농촌의 이야기는
너무나 익숙하여 상투성과 고정관념에 빠지기 쉽지만, 어
떻게 접근하느냐에 따라 새롭고 낯선 미적 지평이 가능하
다는 점을 이 시집은 보여준다. 그만의 시각과 인식으로 내
면을 파고드는 시간의 침습을 이겨냈다는 것이다. 낙원에
서 실낙원으로, 다시 복낙원으로 이행하는 감각과 의식의
극적인 변화가 시의 바탕을 형성해왔다. 프루스트의 '마들
렌 과자'가 폭발시킨 감각의 세계처럼, '나'와 '나'를 넘어

선 본향의 이야기를 그 바탕 위에서 감각하고 발굴해낸다
면, 어떤 개념으로도 묶을 수 없는 낯선 장르를 만날 수 있
을 것이다.

이덕규 1998년『현대시학』을 통해 등단했다. 시집으로『다국적 구름공장 안을 엿보다』『밥그릇 경전』『놈이었습니다』가 있다. 현대시학작품상, 시작문학상, 오장환문학상을 수상했다.

문학동네시인선 189
오직 사람 아닌 것
ⓒ 이덕규 2023

초판 인쇄 2023년 3월 10일
초판 발행 2023년 3월 17일

지은이 | 이덕규
책임편집 | 이재현
편집 | 강윤정
디자인 | 수류산방(樹流山房) 본문 디자인 | 최미영
저작권 | 박지영 형소진 이영은
마케팅 | 정민호 이숙재 김도윤 한민아 이민경 안남영 김수현 왕지경 황승현
        김혜원
브랜딩 | 함유지 함근아 박민재 김희숙 고보미 정승민
제작 | 강신은 김동욱 임현식
제작처 | 영신사

펴낸곳 | (주)문학동네
펴낸이 | 김소영
출판등록 | 1993년 10월 22일 제406-2003-000045호
주소 | 10881 경기도 파주시 회동길 210
전자우편 | editor@munhak.com
대표전화 | 031) 955-8888 팩스 | 031) 955-8855
문의전화 | 031) 955-3578(마케팅), 031) 955-1920(편집)
문학동네카페 | http://cafe.naver.com/mhdn
인스타그램 | @munhakdongne 트위터 | @munhakdongne
북클럽문학동네 | http://bookclubmunhak.com

ISBN 978-89-546-9083-6 03810

www.munhak.com

문학동네